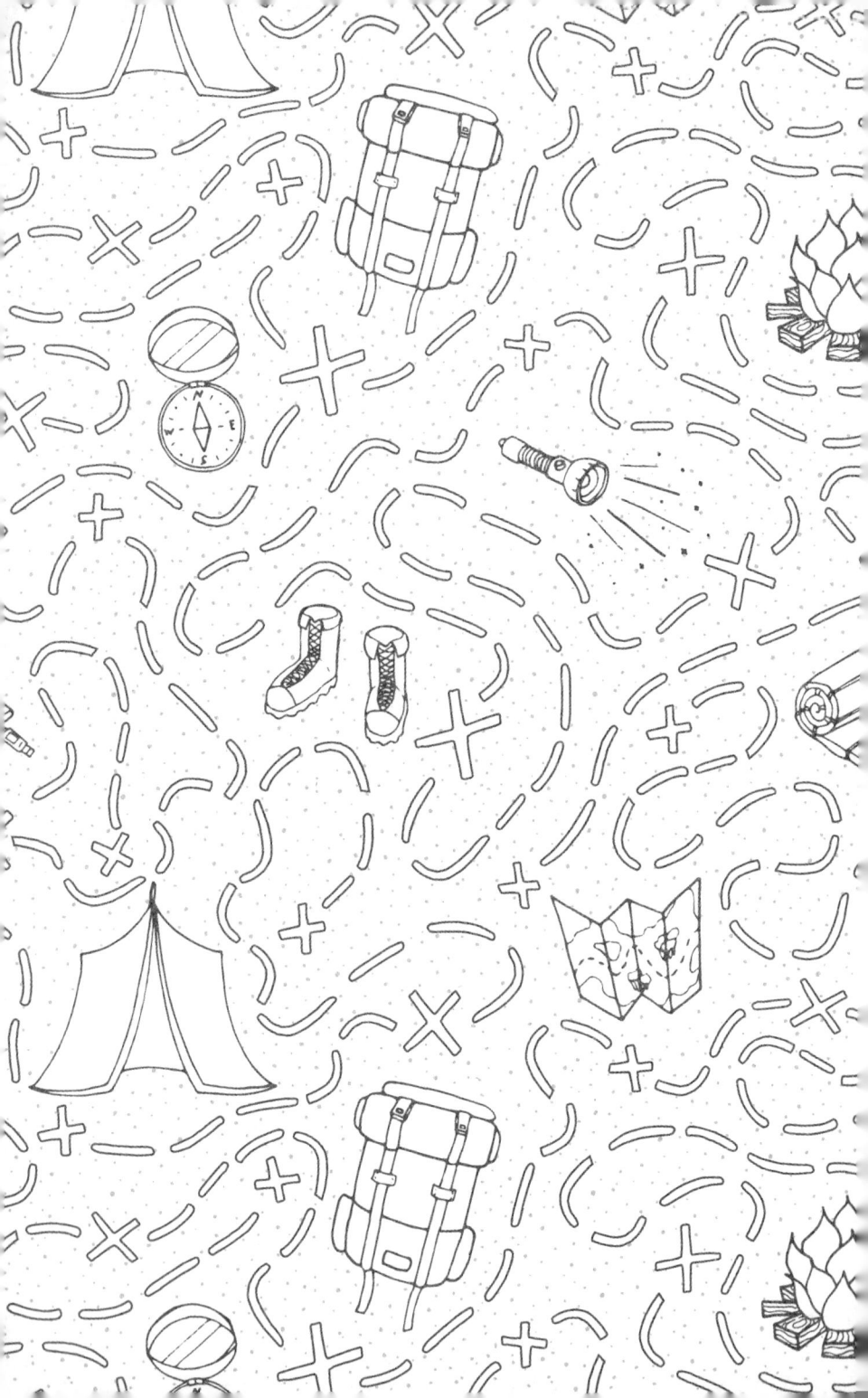

SURVIVOR DIARIES

OVERBOARD!

绝地求生

[加]**特里·约翰逊** 著 王旸 译

惊涛飓浪

C∧S 湖南文艺出版社
HUNAN LITERATURE AND ART PUBLISHING HOUSE

小博集
BOOKY KIDS

致我过去和现在的海军单位的同行。
我从你们身上学到了太多。

目 录

第一章

"告诉我，你是如何从鲸鱼口中死里逃生的？"

"告诉我，你是如何从鲸鱼口中死里逃生的？"记者说。

又是这个话题！我躺在沙发上，揉了一下脸。

"事实不是这样的。"我对记者说。事实上，连我自己都很难相信到底发生了什么。

记者靠了过来，说："那么告诉我真相，我就是为这个来的。我在写一系列关于像你一样的生存者的报道，想知道你们是如何在极限挑战中活下来的。我想听你讲讲假期中的那个下午，只有你和玛丽娜没能爬上救生艇。"花生酱饼干的味道向我们飘来，记者望了望身后的厨房。

"我想听真实的故事，因为只有这样，《绝地求生》的年轻读者才能从你的经验中学到东西，毕竟，没有多少 11 岁的孩子有你这样的经历。"

记者把手机放在我们之间的咖啡桌上并按下了

"录音"键，说："那么，崔维斯，你是怎么生存下来的呢？"

我看着这位坐在我家客厅里的光头男人，对方正期待着我讲述我一生中最糟糕的时刻。我呼了一口气，说："我一开始都不知道发生了什么。玛丽娜先是大叫一声，发出警告，然后如你所知，瞬间我已经落入了水中，耳朵里听到的一切声音都被无限放大，你知道那种在水中听到的气泡声吗？不是那种你在游泳时听到的安静的气泡声。海面上更糟糕，海浪拍打着我的脸，风咆哮着，人们尖叫着……"

"不，不是这样。"记者摸着自己下巴上的小胡子说，"我希望你能够从头讲起，把整个故事讲清楚。不着急，慢慢来。"

我喝了一口柠檬水，说："一切都是从鲸鱼开始的。"

第二章
海上观鲸

四个月前。

脚下的轮船左摇右晃，我努力让自己双脚分开站立，保持平衡，同时迎风抬起了头，深吸一口气。空气中弥漫着海藻、盐和某种动物粪便的混合气味，这种感觉太棒了。

"穿上这个，崔维斯。"妈妈像突然袭击一样，拿出了一件黑红色外套。她撑起衣服，就像我五岁时她常做的那样，把我的胳膊塞进了袖子里。

"什么？我可不要。这是什么？"

"这是浸水保温服。今天风浪很大，海上很快就会冷下来的。"

"斯泰西就没有穿。"我说道。

"因为我比你大，也比你聪明。"姐姐头也不抬地在手机上发短信，嘴角露出了嘲讽的微笑。

我让妈妈拉上了拉链，抗议是没有任何意义

的。自从我在体育馆出事以后，妈妈就一直对我形影不离。这就是我的生活。

"我还在口袋里留了些动物饼干，如果饿的话可以吃一点儿。"

"妈妈，"斯泰西说，"我觉得这个胖猴子不能再吃这么多东西了。"

"欢迎来到赛尔克二号。"船舱外的扩音器里传来一名男子的声音。

爸爸把那间船舱称为舵手室，我可以透过大窗户看到里面坐在长椅上的人们。

"我是你们的船长阿方索·埃尔南德斯。我的女儿玛丽娜和我很高兴大家选择和我们一起度过下午时光，七月是胡安·德富卡海峡观鲸的最佳季节。"

船长一边对着扩音器讲话，一边驾驶着轮船。当他说到"我的女儿玛丽娜"的时候，他旁边的一个黑发女孩儿挥了挥手。

"在接下来的三个小时里，我们希望能为您找到几只海豹和海狮。如果幸运的话，我们会看到虎鲸，也许还有座头鲸。今天有 10 节 ① 西北风，我们的轮船可能会有点儿颠簸，但没有什么是我们应付不了的。希望海里的野生动物能好好合作，我保证大家肯定能够看到水母。"

站在我栏杆旁边的一个人笑了起来。

"我来做一下介绍，这样我们就准备就绪了。包括船员在内，今天轮船上共有 23 人。这是一艘 50 英尺 ② 长的轮船，配备了所有最新的安全装置。"

我透过巨大的窗户观察着那位叫玛丽娜的女孩

---

① 　节：航海术语，用于描述海风的力量和速度。1 节 = 1.85 千米 / 小时。

② 　英尺：英美制长度单位。1 英尺 = 0.3048 米。

儿。她爸爸介绍什么装置，她就穿过船舱指出那个装置所在的位置。

我又把注意力转回海平面。海面上，白线交错纵横，海浪翻滚着，到达顶点后就会卷成一个个圈。伴着海浪不断的拍打声，我们朝着远处的群山出发。我不敢相信我们真的来到了海上。

"我们真的能看到鲸鱼吗？"我问爸爸。

在我们为这次度假所做的所有计划中，我最期待的就是这个。我之前从未见过鲸鱼。

爸爸抓着栏杆的手指有些发白。"啊……嗯……可能吧。我想我还是去坐一会儿比较好，你看吧。"轮船才出发的时候，他的脸色就已经有些发白了。

"那些魔法护腕没有发挥作用吗？"我一边问一边指着爸爸戴在手腕上用以预防晕船的装备。

"来吧，崔维斯。"妈妈说，"我们一起进去吧。"

"但我想看鲸鱼。"我说，"你看，我已经穿上了浸水保温服。"

"让他待在这里吧。"爸爸一边走向船舱一边对妈妈说。

"我要到上面去。"斯泰西说着，向通往船舱顶部平台的楼梯走去，"上面手机信号更好。"

我朝斯泰西走了过去，但妈妈拉住了我，说："不，我可不希望你摔下来。"

当我靠近楼梯时，我发现妈妈说得对。楼梯很陡，看上去也很高。我很高兴妈妈阻止了我，但我还是装出失望的样子。

妈妈用担心的眼神看了我一眼，然后扶着爸爸进了船舱，而我走向了轮船的另一侧。

终于自由了！海风吹过我的头发，穿着浸水保温服的我一点儿也感觉不到寒冷。

"鼠海豚!"一个声音在我身边响起。

我转过头,看到玛丽娜指着海面。她的宽边帽用一根绳子系在下巴上,一条蓝格子方巾在她脖子上飘动,使她看起来就像杂志上的冒险家。

"一群鼠海豚跟在轮船后面!你看到了吗?"

我在海面上寻找了一番,但除了海浪什么也没有看到。

"鼠海豚的背鳍像巧克力片一样,你可以通过这一点认出它们来。"

一只黑色的小鳍突然从水里冒了出来,然后又沉了下去。

"在那里!我看到了。"我说,"它们游得好快。"我对玛丽娜笑道。

玛丽娜在防风衣外穿着一件红色的短款救生衣。救生衣上挂着许多东西,其中有一把小刀。

"很酷。"我指着小刀说。

"这是我的船用刀，我总是把它挂在我的向导背心上。所有水手都会随身佩带一把这样的刀，这样我们才能在紧急情况下很快切断绳子。"

"你是一名向导？你多大了？"

"我今年 12 岁。掌握的知识与年龄无关，我一直都在和轮船以及海洋打交道。"

我开始想怎么改变话题，因为我不想玛丽娜接着问我有多大，然后发现我比她小的事。但玛丽娜没有看我，她全神贯注地盯着海浪。

我顺着玛丽娜的视线望去。海面上出现了更多背鳍，但这些比鼠海豚的背鳍要高很多，有些背鳍看上去有妈妈的个子那么高。

"虎鲸！"玛丽娜喊道，"右舷方向。"她转过头对我解释道："这是船上的用语，指的是船的右侧，船的左侧则称为左舷。"

我点了点头，假装自己之前就知道这些，因为我不想让玛丽娜以为我什么都不懂。

轮船放缓了速度，所有的乘客好像在同一时间冲出了船舱，爬上了观景台。

像是鲨鱼的黑色的背鳍直直地向我们游来，很多背鳍挤在一起。"你刚才怎么称呼它们？"

"虎鲸，也被称为'鲸鱼杀手'。它们生活在这片萨利希海，当一整个虎鲸家族一起活动时，我们把它们称作'集群'。这个集群的奶奶还在呢，一只世界上最老的虎鲸，已经超过100岁了！"

"但你是怎么知道这是哪个集群呢？"

"每个集群背鳍上的鞍形斑都是不同的。"

我看不出来背鳍有哪里不同，只能看出有些背鳍比其他的背鳍要大。一只虎鲸把头伸出了水面，在它沉入水中之前，我看到了它身上的白色斑点。

一阵风吹得我向前移动了半步。随着海浪的波动，轮船比刚才颠簸得更加厉害了，我不禁抓紧了栏杆。

几乎所有的人都在照相。我看了一眼轮船的另一侧，即轮船的左舷。在那边，我这辈子见过的最大的一只鲸鱼拱起身体跳出了水面，鲸鱼两侧的鱼鳍好像飞机的翅膀一样，在水面上拍出了巨大的浪花，然后再次沉入水中。

"座头鲸！"玛丽娜叫道，"那是一只年轻的座头鲸在跳跃，它的年纪应该不大。"

一道雾突然从水中喷射出来，并且伴随着一个声音，仿佛是爷爷在大声擤鼻涕。

"座头鲸妈妈也要跳出来了！"玛丽娜跳了起来，"它们马上就会在我们面前出现！"

我闻到了一丝像口臭一样的味道，很腥。"刚才跳起来的是年轻的座头鲸?"

"对，成年的座头鲸接近50英尺长，比校车还要长!"

我难以相信我们的运气这么好。我用眼睛打量了一下船舱，想看看爸爸妈妈是否也在观赏这难得一遇的奇景，但我没有找到他们。

"或许我应该回到爸爸妈妈身边。"我说。

"你爸爸——?"还没说完这句话，玛丽娜无意间看了一眼我的身后，然后双目圆睁。

"爸爸!"玛丽娜尖叫道。

我来不及回头，只感到脚下的轮船激烈地晃动起来，把我甩到了空中。

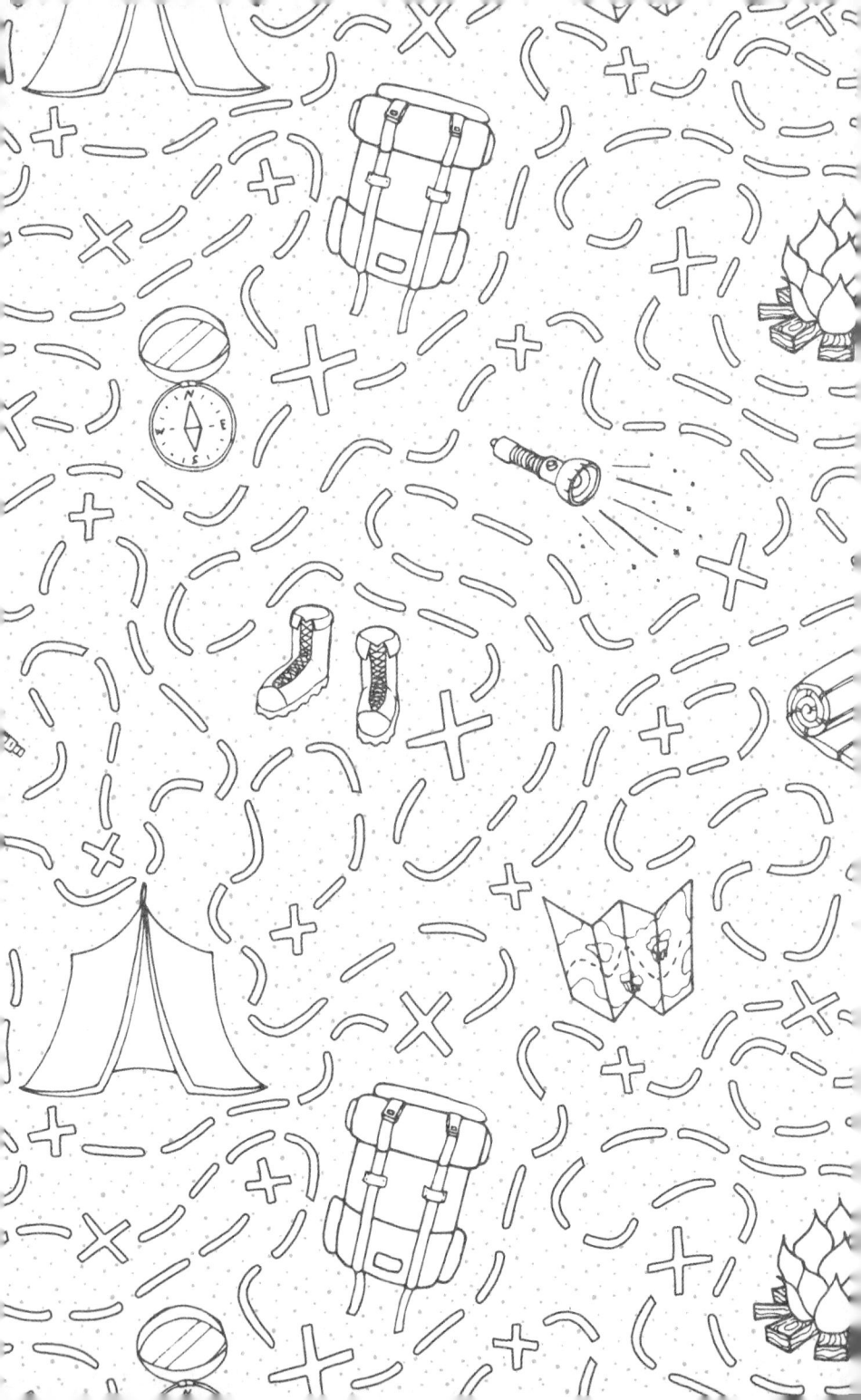

第三章

我们落水了！

第三章　我们落水了！

周围一片黑暗，又黑又冷，我分不清方向。**我这是在多深的海里？**周围是奇怪而空洞的噪音。**必须马上呼吸！**

向上，向上。我的浸水保温服像沙滩球一样让我慢慢浮了起来。

我把头伸出海面，开始大口呼吸。冰冷的海水充斥着我的肺部，使我不断咳嗽。

周围一片混乱。

海浪拍打着我的脸庞，海风在咆哮。周围的海水在不断旋转，到处都是冰冷的海水。有什么在尖叫，那是什么声音？

"妈妈！"我想大叫，但嘴里都是海水。我擦了擦眼睛，试着在海浪中转过头来看一下四周。我的呼吸急促，有什么东西在我右侧的水里，那是什么？是鲸鱼吗？

"鲸鱼攻击了轮船。"我听到身后有人哭着说。

海浪不断拍打着水上的东西，水中的人们一片哀号。

"救救我！我不会游泳！"

"海莉！海莉你在哪里？"

"爸爸！"我喊道。就在此时，海浪击中了我的头部。我让自己浮得更高，又试着大喊一声："爸爸！"

他们都去了哪里？我姐姐在哪里？

有人努力往水面上的什么东西上爬，我意识到那是船底，船底翻过来的样子很奇怪。我挥舞着双臂也企图向船靠近。

"离船远点儿。"我听到有人喊道，"船会沉下去的。"

"救命哪！"不远处有人喊道。

第三章　我们落水了！

我转过头去，看到玛丽娜勉强漂浮在水面上，一只胳膊轻轻拍打着水面，想尽量把脸伸出水面。她呻吟着，另一只手臂紧贴着身体。

我转身准备向船游去，但又听到了玛丽娜的呻吟声。海浪又一次击中了她的脸。

我忘记了恐慌，我要去救玛丽娜！我朝她游去，抓住她背部的夹克。

玛丽娜紧紧抓着我喊道："我的胳膊动不了了。"

风把我们吹得更远了。轮船旁边的水面上出现了一个红色的东西，它像气球一样在水面上不断膨胀，人们互相帮助着爬了进去。那是救生艇。

"抓住我。"我一边说一边向救生艇游去。冰冷的海浪拍打着我的脸，海水让我的眼睛有些刺痛，我什么也看不清。突然，我觉得自己肯定游不到救生艇那里。

"妈妈！爸爸！"我喊道，"斯泰西。"

"和我靠在一起。"玛丽娜道，"和我一起摆出'HELP'姿势。"

"什么？"我对玛丽娜喊道。

"把手放在身体两侧，把膝盖抬到……"海水涌进了玛丽娜的嘴里，她咳嗽了起来，"……胸口前，抱紧。'HELP'的意思是 Heat（热量）、Escape（流失）、Lessening（减少）、Position（姿势），这是减少热量流失的姿势。"

让玛丽娜浮在水面上变得越来越困难，我试图向救生艇游去，但救生艇却离我们越来越远。救生艇怎么能够在片刻间移动这么远的距离？

"我们需要游到岛上去。"玛丽娜一边说一边把头转向我们身后的一个小岛。

风也把我们往那个方向吹，朝小岛移动会比迎着海浪追上救生艇容易得多。就在此时，有什么东西顶到了我的背部。我尖叫了一声，以为顶到我的是一条鲸鱼。

玛丽娜喊道："抓紧它！"

那是一块将将浮在水面上的长木板。我们一起抓住木板，木板并没有因此下沉太多。能抓住一样东西真是太幸运了。

玛丽娜爬上了木板，像趴在冲浪板上一样趴了上去，并开始摆动四肢让木板朝着小岛移动。"一起来！"

我趴到玛丽娜旁边，也开始摆动四肢。我们让木板像摩托艇一样开始前进，但控制木板的方向还是颇为困难的。此外，木板是长方形的，这一点也为它在水中的移动增加了难度。

海浪不断击打着海岸，巨大的水花在击中岩

石后直接喷向空中。我已经尽我所能地用力摆动双腿，但我们距离小岛还是太远，好不容易看见小岛探出的尖尖，我们就被海浪冲走了。

"我们应该努力游过去吗？"我喊道。

玛丽娜摇了摇头，说："那太耗费体力了，而且我觉得我的手腕已经断了。"

我的心跳越来越快。我们一直浮在海上，我大口喘着气，眼睁睁地看着自己错过了小岛，我知道自己游不过去的。

"操纵木板让我们流失了太多体温，"玛丽娜说，"我们应该让身体尽量脱离海水。海水吸收热量的速度远比空气要快。"

我们努力让自己挤上木板，但我的体重让木板开始下沉，我不得不让自己的部分身体继续留在木板之外的海水里。

"嘿，我穿着浸水保温服，所以还是你在木板上比较好。"我说。我尽力扭过头望向身后，但还是看不到海浪后面的景象。我已经看不到轮船和救生艇了，我又转过头打量了一下前方。

前方只有无穷无尽的海水。除了我们，什么都没有。

第四章

玛丽娜的话

但我们并不是完全孤独的。在远方，我们可以看到巨大的轮船经过，但因为距离太远，上面的人根本看不到我们。

"我们只有大概一小时的时间，"玛丽娜道，"之后我们多半会昏迷过去。"

"什么?"我可不想死。我的呼吸变得急促，我打量着四周，寻找爸爸妈妈，或者哪怕其他的任何人。

"当你跌入冰冷的海水中后，很多事情会同时发生，其中最重要的是你开始不由自主地大口呼吸，身处水下时，这不是一件好事。一开始的惊慌失措和换气过度会导致呼吸过快，这会让你吸入大量水并因此而淹死。"

海浪从我们后面涌来，推着我们前进，我们压低了脑袋，好不被过分拍打头部。我还记得那种恐慌，但我看了玛丽娜一眼，开始把注意力转到其他事情上。

"如果你没有惊慌失措，那么你有大概十分钟的时间来准备救生艇，因为十分钟之后你的手指就开始失去知觉，这会让我们无法控制自己的手臂。"

玛丽娜听起来像是一个机器人。她难道不会像我一样感到害怕吗？我凝视着不断讲话的玛丽娜，让自己离她更近一些。玛丽娜的冷静也让我平静了下来。

玛丽娜看了一眼四周，说："因为我们已经脱离水面，或许我们有一个多小时的时间，而且我们身上还有这么多层衣物。"玛丽娜又看了我一眼，"因为你穿着浸水保温服，你应该可以比我坚持得更久。另外，身体里的脂肪也可以保暖。"

"我之前是体操高手。"我想跟玛丽娜解释我不是一开始就这么胖的。之前在体操队时，我并没有太多时间来玩《我的世界》这个游戏。但那已经是一年前了，现在玩《我的世界》已经成为我的全部生活。

"应该是爸爸放下了救生艇，"玛丽娜说，仿佛根本没有听到我的辩解，"然后乘客看到了救生艇。一切发生得那么快，爸爸应该没有时间发出无线电求救信号。"

"到底发生了什么？你看到了什么？"我问，"是鲸鱼妈妈发怒所以开始攻击我们吗？"

我很难想象有鲸鱼比之前看到的那只跳出水面的鲸鱼还要大，但能够撞翻轮船的鲸鱼应该非常非常大吧。

玛丽娜看了我一眼，说："什么？不，你的话太荒谬了。是怪浪，是我这辈子见过的最大的怪浪。我们被一面水墙击中了，而此时正好所有人都在右舷观赏虎鲸，这让所有的重量都集中在了轮船的一侧……"玛丽娜的声音越来越小。她看上去快要哭了，但她摇了摇头，自顾自地说："爸爸会没事的，他应该上了救生艇。"

"我的家人应该也已经上了救生艇。他们都在救生艇上，对吧？"

"我不知道，应该是吧。"玛丽娜看了看天空，"我们随时可能看到来救我们的直升机。"

每隔四五次就会有一个大浪击中我们的背部，这会让木板向前移动不少，然后木板逐渐停下，漂浮在水面，不久又会有另一个大浪击中我们。我们在水面上起起伏伏，尽量让自己脱离海水。我们没有说话，但我似乎听到了玛丽娜哽咽的声音。

我把双腿垂在水里，通过不断摇摆来让木板保持平衡。我很高兴妈妈当初让我穿上了这件浸水保温服，但我还是感到脚踝附近的水一片冰凉。我揉了揉眼睛。海水在我的皮肤上渐渐干涸，并且令我感到刺痛。我的嘴里也全是咸味。

玛丽娜把右手放在胸前，用左手抓住木板。

"手还痛吗？"我问道。

玛丽娜有一瞬间露出了痛苦的表情，并咬紧了嘴唇。但她把头发从眼前移开，眼睛再次坚毅地望着前方。她说："在我们上岸后，我们需要立刻生火，还要搭一个帐篷。"

玛丽娜描述了我们如何最后顺利上岸，如何搭起一个帐篷，如何利用帐篷取暖，以及如何生起火来，并以火为信号，让救援人员找到我们。

我点头听着，但我的思绪早就被我刚刚关心的问题占满了。**爸爸妈妈在哪里？斯泰西找到他们了吗？他们一起上了救生艇了吗？他们是不是在找我？他们真的能找到我吗？到处都是海水。**

四面八方除了一层层卷起的波浪，什么也看不见。海浪飞溅着，撞击着，无休无止。

现在，海浪看起来像一座座比我还高的小山，我用手环着玛丽娜确保她不会落入水中。我的手指变得冰冷而僵硬。我们还能在这里坚持多久？

"25 节风。"玛丽娜低声说道，"现在海流的速度大约是 5 节，正在退潮。"她的声音听起来已经很虚弱了。

玛丽娜快要昏过去了吗？我推了一下玛丽娜的肩膀。"接着说下去，你是怎么知道这些知识的？"

"我一直和爸爸一起生活。妈妈在我 6 岁时就去世了，爸爸本来是一名商业渔民，但投身旅游业，我们可以过上更好的生活。我一直陪在爸爸身边，也学到了很多关于鲸鱼的知识。我希望成为一名旅游船的向导，向游客传播海洋生物的知识。"

听了玛丽娜的话，我觉得我们家面临的问题简直微不足道，至少我妈妈还在。

我抬起头，正好被一个巨浪迎面打中，眼前一片模糊，连远处的大船都看不到了，一切仿佛都被笼罩在山顶的云雾中。

狂风在我们身后咆哮，那声音仿佛野兽发出的怒吼声，像是想把我们从木板上扯下来似的。海浪不断拍打着我的背部，此时，我又听到了另一个声音，像是什么东西发出的潮湿的呼吸声。

而且呼吸声就在我们身后。

我转过头去，但什么都没有看到。到底是什么东西？我摆动双腿，试图带动木板赶快移走。但是那个呼吸声又回来了，而且这次离我们更近。我往左边看了看，又往右边看了看，然后，我看见了它。

黑色的脑袋上一双大眼睛正盯着我。

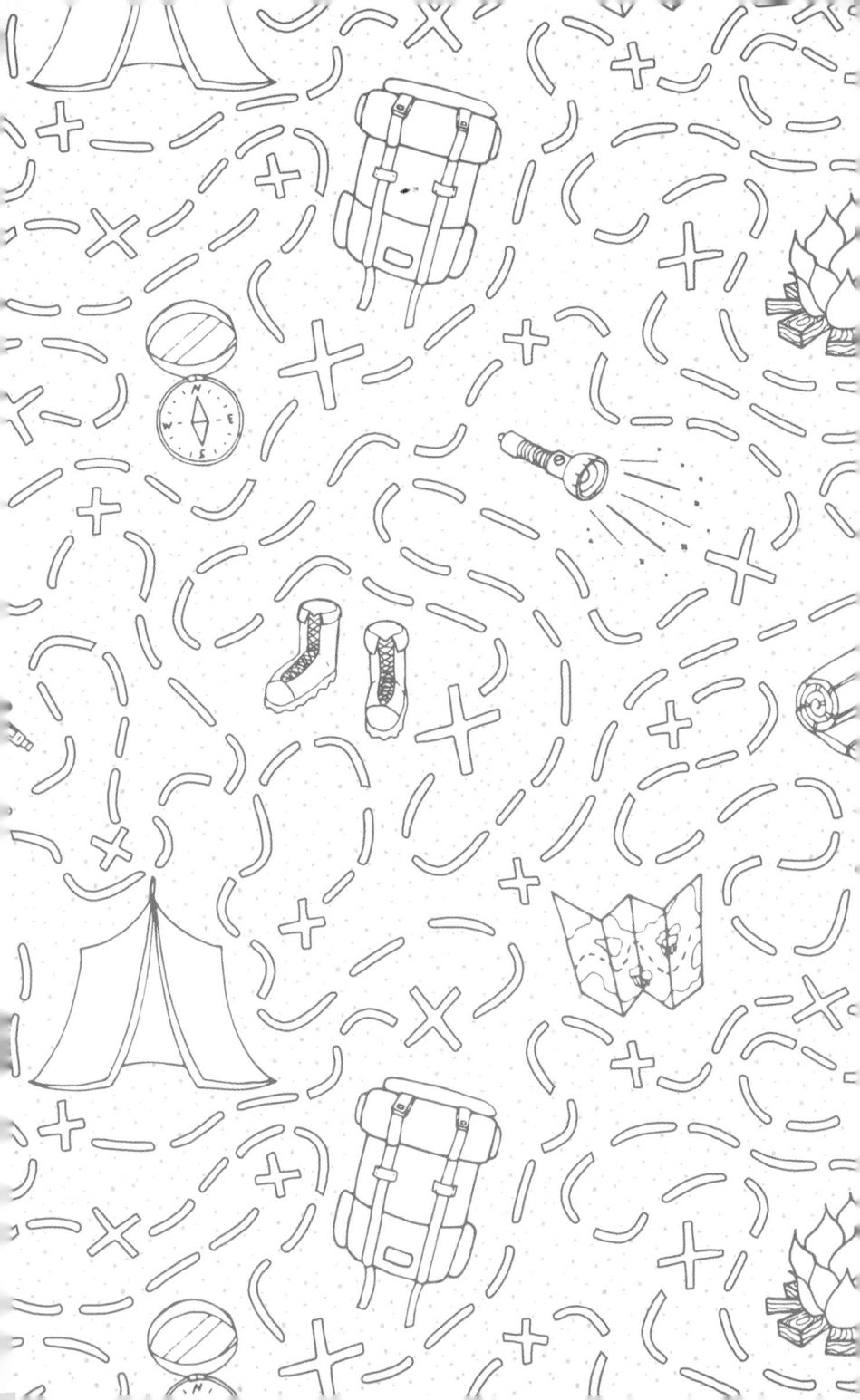

第五章

海豹的指引

"啊!"我向那个东西泼水,想把它赶走。它的脑袋又沉进了水里。

"怎么了?"玛丽娜问道。

"有什么东西在跟踪我!"我喊道。

那个脑袋又在我那侧的木板旁出现了。它和我的距离是如此之近,以至于我都能看到它的鼻孔。它的鼻孔先是张大,然后闭合,它湿漉漉的呼吸声像是巨蛇发出的咝咝声。

"是海豹。"玛丽娜道。她露出了虚弱的笑容。玛丽娜改变了一下姿势,让自己可以翻过身来看海豹。

"海豹在观察我们,真是太巧了。"玛丽娜道,"我们的轮船叫赛尔克,赛尔克的意思是海豹精,海豹精一半是人,一半是海豹,跟独角兽一样,都来自传说。苏格兰人称它们为赛尔克。"

海豹又沉入了水中。

玛丽娜再次躺了下来。"现在我们也有了自己的海豹精守护神。"

但我并不觉得海豹是在保护我们。

海豹又在我们前方出现了。它光滑的黑脑袋上长着浅灰色斑点，白胡须又长又粗，像猫的胡须一样直挺挺地伸出来，有些胡须还像眉毛一样翘了起来。

我顺着胡须看到海豹的眼神，它的大眼睛又黑又温柔，甚至有些忧伤，像是因为我们的遭遇而感到悲伤。海豹紧盯着我的眼睛。

"它看起来还挺乖的。"我现在开始希望海豹能多陪陪我们。不知为何，它让我的心情好了起来，它让我觉得我们并不是孤零零地漂在海上。如果海豹能把我们拖到岸上就好了。

我环顾四周，寻找着海岸，但除了雾气，我什么都看不到。雾气沿着水面慢慢爬过来，最终将我们完全笼罩。我们仿佛身处一个独立的世界，而且这个世界的空间越来越小。

"雾，这可不太妙，"玛丽娜道，"这下海岸警卫队想要找到我们可就更难了。"她的嘴唇有些发蓝。

我活动了一下手指，感觉手指有些发肿，并且因为寒冷而无法灵活地活动。我们在寒冷的海上漂了多久了？我简直度日如年。

"必须保持体温。"玛丽娜道。

玛丽娜的外套外面只有救生衣，而我穿着一件厚厚的保暖外套，外套的袖口很宽，拉链可以直接拉到下巴附近。"你想穿上它试试吗？"我说。

玛丽娜摇了摇头。"那会让我们一起淹死，你穿着吧，想在水里把衣服脱下来太难了。"

　　玛丽娜脸色发白，开始激烈地颤抖。她的状况看起来很糟糕。

　　我的心跳又开始加速。我怎么才能帮到玛丽娜呢？救援人员什么时候才能找到我们？他们真的能够在迷雾中找到我们吗？我能做点儿什么？为什么我要遇到这样的事情？

　　海豹又来到了我身边。它像陀螺一样转来转去，还抽空瞥了我一眼，像在确认我是否在看它的表演。

　　"海豹你好，我在看呢，请不要离开我。"

　　海豹往前游了几米，但很快又回到了我身边，盯着我看，然后又往前游去。

　　"你想让我来追你？"我试着摆动双腿，但我的脚已经麻了，我几乎感觉不到它们的存在。"等我一下！我可没你动作那么快。"

海豹在前方带路，我努力跟了上去。它扭动，旋转，俯冲，又突然出现在我身边，仿佛一切不过是一场有趣的游戏。我不禁笑了起来，除了浓密的大雾和无尽的海水之外，还有海豹陪着我，它让我不再像之前那么害怕了。

迷雾中，海浪看起来似乎更大了，猛烈地拍击着木板，带来强烈的震荡。就在此时，我听到前面有什么声音。那是海浪拍打海岸的声音。

我使劲摆腿。突然，迷雾中出现了一些很高的树。看上去，那些树仿佛有"金刚"那么大。

"玛丽娜！海岸线！"

"小心离岸流。"玛丽娜轻声道。

我用尽全力向海岸线靠近，但总有一股强大的水流把我们推开。我用尽了最后一丝力气，开始加入一只手划水，另一只手则紧紧抓住木板。我们和海岸之间出现了很多泡沫。我努力摇摆胳膊和双腿，但我们并没有离海岸线更近。离岸流太强大了。

"玛丽娜，帮帮我！"耳边响起的海浪的巨响让我的声音听起来十分微弱。

我一个人是没有办法让木板靠岸的，我的整个身体都因为疲劳而颤抖起来。我抓紧木板靠在玛丽娜旁边，大口呼吸着。看来我们要在离海岸 20 英尺的地方溺水而死了。

突然，海豹又回到了我们身边。我放弃和水流做斗争，开始朝海豹靠拢。海豹凝视着我，仿佛在告诉我，必须拼尽全力再次跟上它。

我任凭水流把木板推出去，我们沿着海岸线一路跟着海豹前进。当海浪从侧面冲击我们时，我就用脚蹬水，好让我们不至于被海浪推出太远，而是一直沿着海岸线走。我们沿着海岸线走了很远，穿过厚厚的泡沫，进入一片漂浮的海带。终于，水流不再把我们往前推。海豹朝我叫了一声，然后消失在了水中。

我奋力向海岸游去。**我们马上就能上岸了！**

强大的海浪把我们卷起来向后拉，我抓着木板大喊大叫，然后海浪又开始把我们往前推。我们顺着海浪冲向了岸边。虽然还无法站稳，但我可以感觉到我的脚底接触到了地面。又一波海浪把我们往后拉，然后又往前推。这一次，我可以站在沙子上了，但我还没站稳，又被海浪往后拉，然后往前推。这一次，木板重重地撞在了岩石上，吓得玛丽娜大叫了一声。

我手脚并用，想要努力摆脱海浪的控制。海浪又开始把木板往后拉，想把我们拽回去，但这次我开始反抗海浪的力量。玛丽娜挣扎着试图站起来。我拉住玛丽娜，想要把她拉到我身边，但玛丽娜紧抓着木板，仿佛她被冻在了上面，或者她根本不想放手。

我的双腿抖得厉害，几乎无法站稳。我做出最后一搏，从木板上挣扎着掉了下去。海浪和海带卷住了我的双腿双脚，我感觉此时的空气比之前暖和一些，但风让我原本冰凉的身体更加寒冷。

必须留在海岸上！对冰冷的海洋说再见！

我拖着玛丽娜和木板，一瘸一拐地向岸上走，直到我们瘫倒在一片黏糊糊的海藻上。

"我们成功了，玛丽娜！我们得救了。"

我抬头看了一眼四周，寻找着房屋、汽车或者行人，但这里没有建筑，没有道路，也没有码头。一眼望去，我只能看到岩石和树。

"救命啊！"我大声喊道。

回答我的只有海浪的巨响。

第六章

上岸以后

"我们现在该怎么办？我们在哪里？"我问道。

没有回答，我转过头。"玛丽娜？"

玛丽娜全身蜷作一团，躺在地上一动不动。"好冷。"她不断重复道。

我帮玛丽娜靠在一丛灌木上，让她看起来更舒服一些。她之前在海上说什么来着？我们需要生火、搭帐篷。但怎么才能生火和搭起帐篷呢？"玛丽娜，再说一遍，我们该怎么做？"

玛丽娜看着我不住地发抖。

我看了一眼四周。我们左右两侧都是堆起的岩石，我们能够漂到这里真是幸运，不然的话，我们会笔直撞上悬崖。海浪不断狠狠地拍打着海岸，在空中激起如雾一般的浪花，然后又消失在迷雾之中。雾和风是如何同时存在的？

在海浪和一片茂盛的、随风摇曳的草丛之间，有一条泥土和海藻铺成的小路。草丛后面是一片森林。

从前，我一直希望妈妈不要总把我当成小孩子，少关心我一点儿，希望姐姐不要在我身边晃来晃去，但现在我却希望周围有成年人的陪伴，希望有人能够告诉我，我该怎么做。

我又看了一眼玛丽娜，突然知道自己该干什么了。**我要让玛丽娜暖和起来。**

我猛地打开胸前口袋上的纽扣，里面只有一张糖果包装纸和一个有拉链的袋子，袋子里还有面包屑。

"玛丽娜，你有打火机吗？"

"没有。"玛丽娜颤抖着答道。

"除了你身上的小刀之外，我们还有其他工具吗？"

　　玛丽娜双眼无神地看着前方。她口袋里有东西，但我的手指无法拉开拉链，我意识到自己也在发抖。我的双脚就像两块冰块一样。我和玛丽娜都需要暖和起来。

　　过去体操教练会让我们做波比运动来热身。我趴在地上，双手撑在湿漉漉的沙地上，做了一个俯卧撑，然后举起手跳了起来，像做波比运动一样。然后，一次次重复这套动作：趴在地上，俯卧撑，跳起来。

　　我的心跳开始加速，呼吸开始变得急促。自从离开体操队后，我就没做过波比运动了，现在做起来比之前似乎难了许多，但依然很有效。我的手指慢慢恢复了知觉，可以活动了。我拉下拉链，脱下了我的浸水保温服，然后蹲在玛丽娜身边，把她身上的小救生衣脱下来，给她穿上我的浸水保温服。

浸水保温服虽然湿漉漉的，但因为留有我的体温的缘故，依然很温暖。

在我试图帮她套上右臂的袖子时，玛丽娜喊道："手腕……我的手腕！"

玛丽娜把手腕抬到胸前。她的手腕看上去已经肿得发紫了。我的朋友查德曾有一次摔在了地上的垫子上，他本来试图用手来保护自己，结果却扭伤了手腕。教练把他的手腕紧紧包住，以此确保查德在前往医院的途中手腕不会移动。

我打量了一下周围，发现了两根笔直的树枝。我把树枝举到玛丽娜的手臂旁。

"拿住树枝，"我说，"你没有胶带，对吧？"

就在此时，我想到了一个主意。我从右脚的鞋子上抽出鞋带，把树枝绑在玛丽娜的手臂上。玛丽娜的脖子上还挂着她的方巾。我把手伸到玛丽娜的头发后面。方巾湿漉漉的，打的结也很紧，但我最终还是把它摘了下来。我把方巾平铺在地上，叠成一个三角形，当时教练在处理查德的手伤时，就是这样做的，只不过教练用的是急救箱里的布。我把玛丽娜的手臂放在方巾里，然后把方巾系在她的脖子上，让她的手固定在锁骨旁边。"感觉好点儿了吗？"

"生火。"玛丽娜嘟囔道。

我在玛丽娜救生衣的口袋里找了一通，拿出一个塑料袋，里面有一个打火机和一小盒火柴。

"太棒了！"我兴奋地说。但我又仔细看了一眼我本以为是打火机的东西。原来，这是个黑色的长方块，只是外表和重量跟打火机有点儿像而已。

这是什么？为什么它不是一个打火机？我最讨厌火柴了。我从未成功地用火柴点着过火。

絕地求生 惊涛飓浪

因为有塑料袋的保护，那一小盒火柴还很干燥，但我却无法顺利地把火柴盒滑开。手忙脚乱之下，火柴盒从我指尖滑落，掉进了地上的泥里。

"不！"我冲了过去，救起了火柴盒和里面为数不多没有被弄湿的火柴。我更加小心地从中拿出一根火柴。"火柴盒上写着这些火柴是防水的，所以它们应该还能被点着，对吧？"

我试着用火柴头擦火柴盒的一侧，细小的火柴棍在我手下"啪"的一声断掉了。我把它扔到地上，又试了一根，然后又试了一根。

干燥的火柴已经所剩不多了。我蹲在地上，小心翼翼地把火柴放在我的手指间，这样它就不会断了，但当我把火柴擦到火柴盒上时，什么也没发生。我从来都不知道如何正确地划着一根火柴。

"啊！"我懊恼地大叫一声。

62

当我察觉到水花时，我惊讶地抬起了头。我全部的注意力都放在火柴上，根本没注意到周围发生了什么。我沿着海藻和草丛一路望过去。近处地面的颜色比靠近海洋的一侧颜色要浅，我突然明白了，色差是涨潮造成的，而我们身处的位置正好会被潮水淹到。

冷静下来，我必须集中精力，做好生火的准备。我还没有想好到底要烧些什么，我现在不能惊慌，必须冷静思考。玛丽娜之前说我们在体温过低前还有多少时间来着？如果我不能成功生火，我们肯定会死。

由于玛丽娜已经非常虚弱，我只能把她带到潮水淹不到的地方，那附近有许多巨石。我蹲在最大的石头后面，在地上清出一块空地，又在石堆里找到了一些树枝和浮木，将它们堆成一堆，然后蹲在旁边，抽出一根火柴，快速擦过火柴盒。摩擦发出了"啪啪"的声音，就像以前爸爸划火柴时发生的那样。我成功了！

一阵风从我身后吹来。火灭了。

我感到自己又开始慌张。我们需要立即取暖，我试了一次又一次。终于，我们只剩下了最后一根火柴。

我把全部精力都集中在这最后一根火柴上。我抿紧嘴巴，捻起那根火柴。

就是它了。

这一次我肯定能成功，我已经熟练掌握了点火的技巧。

火柴擦过火柴盒，火柴头亮了起来，然后又灭了，只剩下一根冒烟的火柴棍和即将到来的黑暗。

第七章

镁、火和帐篷

玛丽娜用颤抖的手指着地上的袋子，说："里面有……镁……镁。"

我拿出了之前被我当成打火机的东西。

玛丽娜做出了摩擦的动作。"在引火物上……摩擦。"玛丽娜虚弱地比画着。

我看了一眼袋子，里面还有一团棉球。玛丽娜刚才说的话是什么意思？"你是说这个黑色的东西能够点燃棉球？"

玛丽娜闭上眼睛躺了下去。

"玛丽娜！不要留下我一个人，我需要你的帮助！"

玛丽娜没有回应。

"玛丽娜！"我靠近她，心跳开始加速。我俯下身来听玛丽娜的心跳。"**拜托，告诉我她还活着**。"我在内心祈祷道。我把耳朵凑到玛丽娜鼻孔附近，听到她还有呼吸，我松了一口气。

67

　　然后，我开始研究那个黑色的东西。它的一侧看起来像是被刀或其他东西刮过，另一侧则像火柴盒一样有着黑色条纹。我抖了抖袋子，在众多棉花球中，有一捆小棍子掉到了我的身上，上面还涂着某种液体。

　　我拔出了玛丽娜的小刀。在轮船上第一次看到它时，我从未想过自己会有机会用到它。

　　我试着用小刀刮那个黑色物体的一侧，像是金属一样的小碎屑脱落下来。见此情景，我干脆把黑色物体的那侧正对着自己，再次用力往下刮擦，更多碎屑脱落了下来。然后，我把它翻转过来，看了一下有条纹的一侧。

　　这个真的能点火吗？我用小刀敲了一下黑色物体，惊奇地发现上面飞出了火花。

　　"哇！"我看了一眼手中的小刀，又看了一眼黑色物体，简直不敢相信。

我抓紧黑色物体，更加用力地挥着小刀撞了上去，这一次出现了更多火花。这比用细瘦的火柴简单多了，小刀可不会因为我手指用力而断掉。

重复试了几次后，我掌握了如何让火花落在黑色物体的碎屑上的诀窍。碎屑一下子就被点着了，并随之点燃了棉球。

我坐在地上，感觉有些震惊。"我成功生起了火？"

我转过头对玛丽娜说："快看！我生起了火！"

我放下手中的黑色物体，又把手伸到她的鼻孔前。她还在呼吸。

火开始变小，我往火里添了更多树枝。很快，火开始噼啪作响，热量通过身后的巨石反射到我们身上。我伸出双手烤火，开心地笑了。但我抬头一

看，笑容逐渐消失。天色越来越暗了。

"他们晚上能够找到我们吗，玛丽娜?"

看到玛丽娜睁开眼睛，我不禁松了一口气，但玛丽娜什么也没有说。我们只是透过火堆上的烟雾相互看了一眼。玛丽娜看起来很害怕，让我想起在海中的时候我有多么害怕，当时，正是玛丽娜的冷静让我平静了下来。

"不要担心。"我努力让自己的声音听起来很放松，"我会搭起一个帐篷，我们今晚就在那里过夜，明早救援人员就会出现。"我对自己所说的话一点儿信心都没有，但玛丽娜需要别人这样告诉她。

我回忆了一下我在自家后院搭帐篷的场景，那时候斯泰西经常和我一起做一些很酷的事。

"我要找一根长树枝作为支柱。"我对玛丽娜说，"我会马上回来的。"

我跑到森林里，一边走一边寻找。我把收集到的所有东西都抱回火堆旁，放在玛丽娜身边。我一边忙着手里的活，一边不断地和玛丽娜说话。

"我们必须确保帐篷旁边没有蚁窝，我之前犯过那样的错误。无数蚂蚁顺着斯泰西的腿爬进了她的睡衣里开始咬她！你可以想象她当时的尖叫声！太好笑了。不过，今晚我们不会再犯这样的错误了。"

火堆旁有一块几乎和我的胸口一样高的巨石。我们现在身处潮水线之上，因此地面是干燥的。我刚刚找到了一根光秃秃的树枝，我把它的一端放在巨石上，另一端放在地上。之后，我把我们带到岸上的木板靠在那根树枝上，让其成为帐篷的一面"墙"。

我停下手头的工作，往火里添了一些树枝。"我不喜欢黑暗。"我对玛丽娜说，"自从我被关在小黑

屋里待了两天之后，我就讨厌黑暗。小黑屋里没有电视、电脑或游戏，那段经历太糟糕了。"

我没有告诉玛丽娜，比起黑暗，我还有一个更讨厌的东西。

我在帐篷的另一端堆起了浮木，然后用干海藻和小树枝填充浮木之间的空隙。大功告成之后，帐篷看起来就像一个歪歪扭扭的披屋，开口面向大海和火堆。我弯下腰，爬了进去。里面有足够的空间让我转身躺下，脚放在相对狭窄的一端，头则刚好不会伸出帐篷处。虽然看上去很干燥，但地面其实有些凹凸不平，还有些潮湿。

天几乎黑得看不见了。蚊子在我耳边嗡嗡叫，我挥手赶走蚊子，然后跑回森林搜集了几把叶子，拿到帐篷里，铺在地上。然后，我又从树上折了许多树枝，并特意选择了树针浓密的树枝。我的脸上和脖子上沾满了树针、蜘蛛网和蚊虫。我赶走蚊虫，又跑回到火堆旁。

"这是我们的垫子。"我一边把树枝铺在树叶上，一边对玛丽娜说道。借着火光，我环视四周，因为火堆冒出的烟雾，蚊虫似乎没有那么多了。

"来。"我拉着玛丽娜站了起来，让她的脚先进入帐篷。有了帐篷的遮挡和燃烧的火堆，帐篷里面已经非常暖和了。我又收集了更多树枝作为燃料，然后爬进帐篷里，趴在玛丽娜的身边。

在我终于安顿下来之后，我听到海浪也安静了下来。和之前大声拍打着海岸的声音不同，现在冲击着海岸的海浪发出的更像是煎蛋时发出的嗞嗞声。一只猫头鹰在我们身后的某处鸣叫，这让我有些紧张。

"玛丽娜，你还醒着吗？"

玛丽娜嘟囔了一声。

我希望有人能够和我聊聊天，好让我不要胡思乱想。外面的任何声音都让我感到恐怖，一点儿也不像我们家的后院，门廊的灯开着，听得到邻居家电视里的声音和路上汽车驶过的声音。

突然，我听到海里传来巨大的喷水声。

"那是什么？"我喊道。

突然，我意识到这个声音和当时观赏鲸鱼时鲸鱼喷水的声音一模一样，这让我激烈跳动的心脏平静了下来。我往火里添了更多树枝，夜色如墨，群星闪耀，火堆不断迸溅出零星的火花。

我躺了下来。"明天，救援人员就会找到我们……对吧，玛丽娜？"

没有回答。

只有座头鲸喷水的声音陪伴着我。

第八章
太阳能蒸馏器

听到叫声，我醒了过来。

"怎么了？"玛丽娜问道。她的声音有些沙哑。她一晚上都在呕吐，但我后来应该睡着了。

我挣扎着爬出了帐篷。太阳还没升起，我看不清沙滩上奇怪的影子到底是什么。当我的眼睛逐渐适应了黎明前的黑暗后，发现潮水已经冲到了岩石附近。

什么东西的叫声此起彼伏。

"有人吗？"我喊道，心中暗暗希望这是搜救人员的搜救犬发出的声音。我走到海滩上，看到声音的来源时停下了脚步。

"是你找我，"我说，"还带来了你的朋友。"

"你说什么？"玛丽娜在帐篷里大声问道。

两个巨大的暗影扑通一声从水里跳了出来。我凝视着海面上起起伏伏的光滑的脑袋，我敢肯定我认识那个有灰色斑点的家伙。它看到我后大叫一声，然后潜入水中。

"是海豹。"我对玛丽娜道，"海豹来看我们了。"

我的舌头好像粘在了上颌，动弹不得，太阳穴不断抽痛，喉咙也痛。

玛丽娜慢慢转过身来，看了一眼帐篷外面。"救援人员呢？他们必须尽快找到我们，我不想留在这里。"

昨晚，玛丽娜脱下了我的浸水保温服，现在浸水保温服像毯子一样盖在她身上。她的嘴唇已经裂开了，头发则被梳到头的一侧。玛丽娜看上去快哭了。

我们都迫切需要水。我看着大海，海水无穷无尽，海豹溅起的水声让我抓狂，咸咸的海浪拍打着我的脸，但我知道，这些水根本无法饮用。

"我们多半在搜救范围之外，"玛丽娜哭道，"记得我们错过的小岛吗？如果他们找不到我们，我们该怎么办？我的手腕好痛，我好渴。如果我们找不到水源，我们会很快死去的。"

我盯着玛丽娜。昨天那个坚毅如铁的女孩儿哪里去了？她的惊慌也传染给了我，我感到自己心跳加速。我想吃早餐，我想知道爸爸妈妈在哪里，我想赶紧回家。

我看了一眼发黑的火堆，它让我想起了昨晚刚生起火时的心情。当时，我觉得一切尽在掌控之中。**我们需要温暖，而我做到了。如果我可以解决上一个挑战，那么我也可以解决下一个。**

"我们需要停下来好好想想。"我说，"比如，哪里能找到水源？"

玛丽娜呆呆地看着吊在胸前的自己的手臂，而我仿佛变成了两人中年长负责的那一个。"我去找找看有没有小溪。"我说。

在帐篷后面的森林中搜索了一圈后，我能找到的只有蜘蛛网、一个破旧的轮胎和一个长长的白气球，就是船上用的那种挂在船的两侧以防船身撞到东西的气球。

我还找到了一个塑料瓶，但瓶子里什么都没有。我舔了舔干燥的嘴唇，我的头越来越痛了。

走出森林时，我发现所有的草都被露水压弯了腰。我舔了一口沾着露水的草叶，舔到水的感觉实在是太棒了。我看了一眼手中的塑料瓶，又看了一眼草上的露水。如果能够把露水收集到塑料瓶里就好了。

我耸耸肩，脱掉毛衣，然后撕下了衬衫的袖子，用袖子擦掉露水。然后，我把袖子对准瓶口，一拧，水就滴进了瓶子里。虽然这很花时间，但我终于灌满了塑料瓶的四分之一。我小心翼翼地把塑料瓶带回帐篷。玛丽娜还在我的浸水保温服下蜷缩着，当她转过头看到我时，不禁睁大了眼睛："哦!"

玛丽娜看着我的眼神，使我感到很自豪。我已经不再是那个分不出左舷和右舷的小毛孩儿了。

"你的手腕怎么样了?"我一边问，一边把开口的塑料瓶递给她。

玛丽娜喝了一口水，看了一下瓶子里还剩下多少，然后又喝了一小口。"我的身体太难受了，这让我感到害怕。"玛丽娜擦了擦嘴，低下了头。

"我也会害怕，"我说，"我是我所认识的人中最胆小的。"

"你害怕什么?"玛丽娜把水递给了我。

我想起了自己的爸爸妈妈和姐姐，我怕他们没能爬上救生艇，但我知道，我不能提及这个话题。

"我曾是体操队的一员。"我一边将收集到的树枝加入火堆，一边说，"我的朋友查德和我打赌，看谁能在单杠上来一个大回旋。没有教练在场监督，我们是不该上单杠的，但我们还是偷偷跳了上去，结果我摔到了头，还摔出了脑震荡。整整两天，我不得不坐在一个黑暗的房间里治疗我的大脑。自那之后，我妈妈仿佛觉得我随时随地都可能再次摔出脑震荡。"

"所以你开始害怕体操？也因此退出了体操队？"

我正准备再用小刀从那个黑色的东西上刮下些碎屑，但我停了下来。我之前从未跟别人说过自己为什么会退出体操队。"这是什么？"我举起那个黑色的东西问玛丽娜。

"这是镁条。镁条的碎屑是易燃物，如果没有火柴，你可以用镁条生火。"

"的确如此。"我一边说，一边用小刀削镁条。

我叹了一口气，接着说道："我想我当时之所以会出事，是因为我根本没有意识到单杠有那么高。那次事故过后，我没法再进行任何体操项目，不论是吊环、跳马，还是鞍马。自由体操本来就不是我的长项，所以我觉得干脆退出体操队算了。我现在几乎不敢爬楼梯，如果楼梯太高，我就会浑身颤抖，头晕目眩。"

玛丽娜一动不动地看着我。终于，她指了指火堆，说："我们需要更多新鲜树枝。"玛丽娜看上去平静多了，不再像之前那么惊恐。看到她眼神专注，我也松了一口气。看来，听完我诉说自己的恐惧对她应该还是有好处的。

"新鲜树枝？"

"从树上折下来的树枝，这样的树枝能够产生烟雾。如果有直升机经过，我们就可以向其发出信号。"玛丽娜舔了舔嘴唇，"我们还需要更多的水。"

我的肚子也开始叫了。我们环顾四周，然后面面相觑。玛丽娜对我露出了虚弱的笑容，然后说："对，可能也需要一些食物。"

"我的口袋，"我指了指玛丽娜身边的浸水保温服，"里面有动物饼干。"玛丽娜从口袋里找出密封袋。

"你真是准备充分。"玛丽娜道。

我们俩伸出手指沾了些饼干碎屑，然后把它们舔掉。这样做并没有减少我们的饥饿感。这时，我看到了昨天留在地上的袋子，袋子里还有几滴露水，这让我想起了斯泰西在八年级时做的一个科学实验。

"嘿，我们可以用它来做一个太阳能蒸馏器。"

"一个什么？"

"我姐姐曾在环保课上做过一个实验，是跟清洁能源有关的。我本来以为她是完全凭借自己的智慧完成了实验，但后来她告诉我，实验用到的所有知识都是从网上学到的。"

我把我们身上所有的塑料袋都铺在地上。玛丽娜的口袋里有个大塑料袋，我有两个小塑料袋。"如果我们在这些塑料袋里装些绿色植物，然后把它们放在阳光下，袋子里面就会产生水雾，水雾积少成多，我们就有水喝了！"

玛丽娜笑了。"这个方法的确很棒。"

我找到一些干净的石头，压在每个塑料袋的四个角上，然后在塑料袋中装满植物，再把它小心翼翼地放在阳光下。水会在塑料袋里的最低处，也就

是石头所在的地方逐渐汇集，然后我就可以将收集到的水灌入瓶中。

一整天，我们都在等待救援，随时准备让火堆冒烟，但是没有直升机从我们所在的位置上空经过，也没有船只在我们附近靠岸。我们看到远方有大船经过，但它们离我们太远了。

"如果他们距离我们不够近，他们怎么可能看到我们制造的烟雾呢？"我问。

玛丽娜抬头望向天空。她已经喝掉了我们通过太阳能蒸馏器获得的大部分水，但她还是很难受。玛丽娜需要立刻前往医院。

"我也不知道。"玛丽娜答道，"在我学到的课程中，他们只告诉我们如何不被淹死。在所有的案例中，没有淹死的人都获救了。但救援人员最好快点儿，仅靠露水我们可活不了太久。和溺水相比，我们更有可能死于脱水。"

　　我暗中希望玛丽娜不要总是谈论与死亡有关的话题。

　　一只老鹰从我们的头顶飞过。

　　"又一只老鹰。"玛丽娜说。她望向树顶，老鹰落在了一根树枝上，它白色的脑袋在绿森林的衬托下格外醒目。老鹰俯瞰着我们。"不知道……"玛丽娜突然振作了起来，"就在那里！我就知道！我们有救了！"

　　"什么？是直升机吗？它在哪里？"我一下子站了起来。我站得太快，以至于有些头晕。

　　"鹰巢。那应该就是他们安装了摄像头的鹰巢。现在我知道我们在哪里了！哇，我们离海角的距离比我想象中还要远。我们是无法走到城镇的，城镇离我们太远了。"

"你在说什么？什么摄像头？"

"这棵树上有个摄像头。自然资源部刚刚在这里安装了摄像头，这样人们就能看到老鹰生小鹰了。你要做的就是爬上去，向摄像头发出求救信号。"

突然，玛丽娜用不安的眼神打量了我一下，仿佛刚刚记起我离开体操队的原因。

我抬头望向树顶。我的心沉了下去，树太高了。

"我做不到。"我轻声道。

第九章

向摄像头发出求救信号

"好吧，我可爬不上去。"玛丽娜指了指自己受伤的手腕。

我回忆了一下翻船后我所做过的所有事情。我掉进了水里，我把玛丽娜拉到了木板上，然后我们一起上了岸。我靠自己的能力生了火，我从未想过自己能独立生火。我之所以能成功生火是因为我根本没有时间考虑自己会不会失败，我只是全力以赴去生火。这让我不禁想到，或许野外生存的关键就是坚信自己不论做什么都能成功。

我抬头看了一眼大树。最上面是一团树枝，玛丽娜说老鹰的窝应该就在那里。

"那上面会有老鹰吗？它们会攻击我吗？"

玛丽娜耸了耸肩。"我也不知道，我从来没有爬过鹰巢。"

"好吧，这话对我毫无帮助。"

"或许你应该穿上它？这样会更安全。"玛丽娜指了指我的浸水保温服。

我慢慢穿上浸水保温服。我还没有开始爬树，就已经感到两腿发软。

"摄像头没有声音，只有图像，所以你不用对着它说话。"玛丽娜在我身后说，"另外，我也不知道摄像头是否一直打开着。我只知道，如果电线出了问题，他们是会关掉摄像头的。你可以摇晃一下摄像头，确保它还开着。还有，你得快点儿，天快黑了。"

"好极了。"我嘟囔道。

我站在最低的树枝下方，它简直是我这辈子见过的最高的单杠，简单向上一跳是无法够到这根树枝的。我需要一个跳板。

我打量了一下四周，发现了一根被折断的木

头。我把木头滚到树旁，将其放在最低的那根树枝的正下方。晃了晃，将其固定好。接下来我要做的就是先助跑，跑到木头上，然后借助它够到树枝，仅仅想到这一系列动作，就已经让我紧张到浑身难受。

我看着木头，一边看一边估算我和木头之间的距离，并试图忘掉不断加速的心跳。

我在外套上擦了擦颤抖的双手，然后双手击掌，就像进行体操运动前拍掉手上的镁粉一样。我慢慢后退，将地上的树枝清理干净。这是一个简单的、我做过无数次的动作，但这次的目标比之前所有的单杠都高。我真的能够到树枝吗？如果失手了怎么办？

不要去想，去做就好。

我开始冲刺，朝木头直奔而去，然后一脚踩上去，利用惯性跳到空中，举起双手让自己跳得更高。我尽我所能地伸出手指，伸长一点儿，再长一点儿。

我的指尖碰到了树枝，并奇迹般地抓住了它。树枝表面很粗糙，与我的手掌不断摩擦。瞄准下一根树枝后，我双腿用力，向上一摆。不要往下看！对，就是这样，只管往上爬。

但就在我想着不要往下看的时候，我往下看了一眼，大地在我眼前摇晃起来。我离地面如此之远，瞬间让我想起地面突然朝我冲过来的情景，想起我在眼前一片漆黑前听到的最后的声音，空洞的声音。

不要再想下去了！集中精力完成眼前的任务。只要我把全部精力都投入到爬树这件事上，就不会自己吓唬自己了。

我又继续往上爬。我够到了一根树枝，然后是下一根树枝。我的肌肉在颤抖，因为它们很熟悉我想做什么。我的双手双脚仿佛有自己的记忆，自行重复着熟悉的动作。伸出双手，够住目标，双腿跳跃，抓紧目标。

粗糙的树皮磨得我手掌发痛，但我没去理会，只是不断往上爬。越靠近树顶，树枝越稀疏，摇晃也越激烈。只要风一吹，树枝就会带着我一起摇晃。我每动一下，树枝还会晃得更厉害。我的心怦怦直跳。

扑通，扑通，扑通。

我仿佛能够通过脸上和手上的擦伤感受到自己的脉搏。终于，我来到了一堆树枝筑成的鹰巢的下方。现在，我才意识到眼前才是最困难的挑战。

鹰巢就像一个浅碗，坐落在枝丫的中央。鹰巢非常大，足够我舒展四肢躺进去，而我要想接近摄像头，就必须爬进巢里。

我小心地抓着鹰巢底部伸出来的树枝，探出身体。此时，我胳膊的肌肉酸痛到了极点，整个身体都颤抖起来。终于，我找到了一个合适的位置，抬起头，望向鹰巢内部。**拜托，请让摄像头正常工作。**

当我的眼睛来到和鹰巢平行的位置时，我看到里面有三个发怒的小脑袋。看到我准备爬进鹰巢，它们一边怒视着我一边尖叫。

我眨了眨眼。

"我只是要借用一下你们的摄像头，"我轻声解释道，"不要叫来你们的爸爸妈妈！"

我本来以为鹰巢里是些毛茸茸的小鹰，但它们看上去已经和成年老鹰差不多大了。它们头上没有白斑，一举一动也像小鸟，紧紧靠在一起，占据了鹰巢的大部分空间。

鹰巢大到足以让一个人睡在里面。实际上，鹰巢看起来比我昨天支起的帐篷舒服。但就在此时，我意识到巢里还有什么动物的已经干枯的尸体。怪不得这么臭。

摄像头就固定在一根树干上，但我完全看不出来摄像头是否在工作，也不知道该怎么去查看摄像头。如果摄像头跟斯泰西的手机一样就好了，你通过屏幕就能看出它是否已经开启。但这个摄像头只是一个绿色的方盒子，镜头上还有一个罩子。我对着树枝间的摄像头挥舞了一下双手。

"救命啊！"我喊道，然后想起玛丽娜告诉过我，这个摄像头是没有声音的。我开始在摄像头前继续挥舞双手，并企图通过动作告诉对方，我们如何在落水后扶着木板、乘着海浪游到此处的，又是如何在上岸后生火取暖的。

三只小鹰一直盯着我看，而我时不时回头看看身后，生怕被成年老鹰袭击，毕竟一双巨大的翅膀随时可能出现在我身后。

老鹰会啄瞎我吗？至少，它们绝对会抓伤我，把我从鹰巢里赶出去。我会从比单杠高得多的地方一下子摔到地上。

不，我现在不是在单杠上，我是在一棵树上。天快黑了，我必须在天黑前下树。

我移动了一下，一不小心弄断了一根树枝。三只小鹰受到惊吓，开始同时尖叫，空中仿佛传来拍打翅膀的声音。我一抬头，正好看到两只大鹰在我头顶盘旋。它们也尖叫了起来。

我想把头伸出鹰巢查看外面的状况，但我的身体一下子探出了太多，两手一晃，直接从鹰巢里跌了下来。

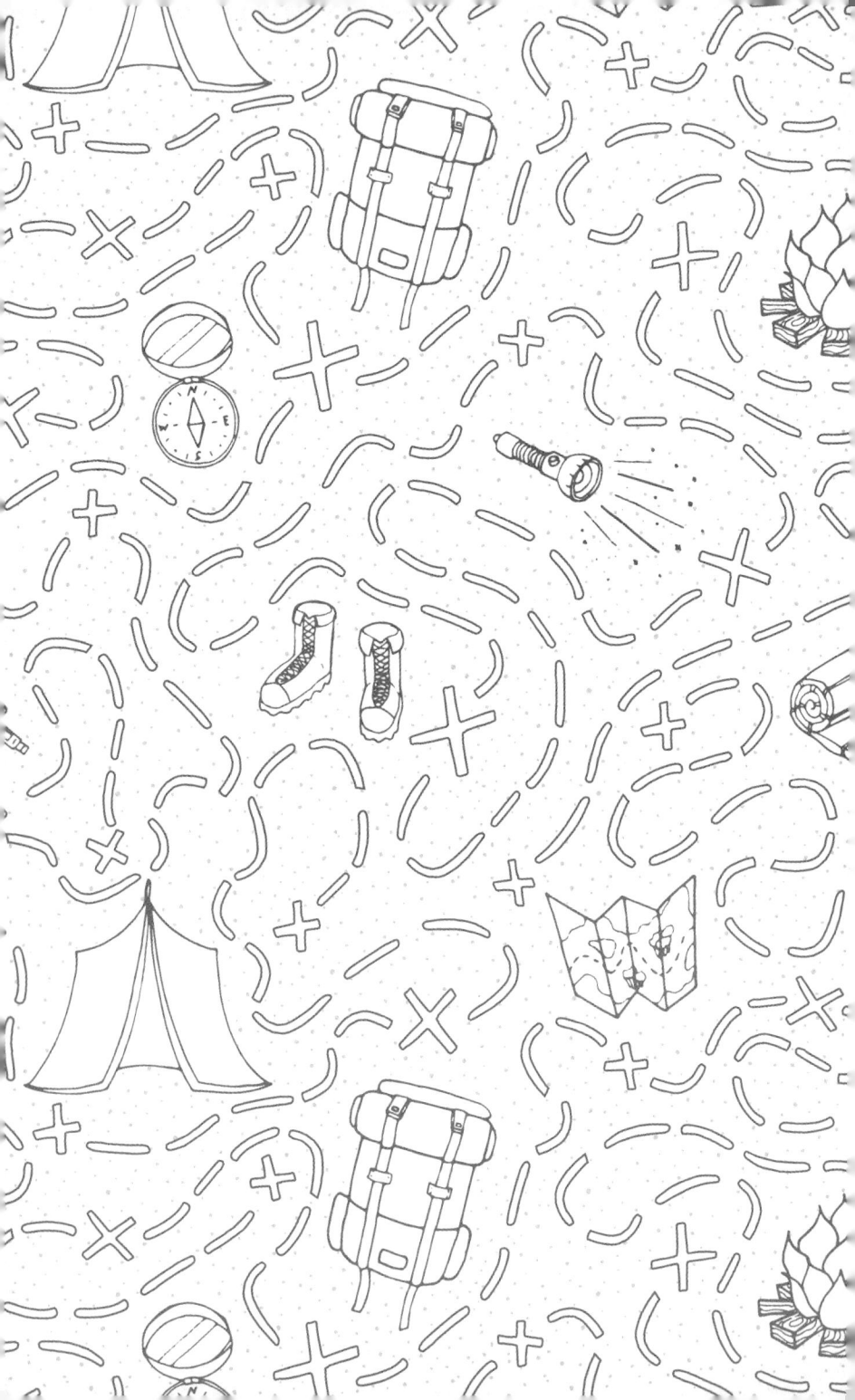

第十章
这次应该不是海豹

伴随着眩晕，我开始急速下坠。我疯狂地挥舞双臂，拼命伸出双手，试图抓住什么东西。

我试图用膝盖下面夹住一根树枝，但是没成功，而是重重地撞到了下一根树枝上，但这一次，我抓紧了它，没有让自己继续下坠。

我挂在树上，身体在空中来回晃荡。我顺着树枝爬，然后紧紧抱住树干。我的心脏已经快要跳出胸腔了。

我睁开眼睛，发现自己并没有跌下去多远，我还在离地面很远的地方，我还活着！但我必须想办法下去。

我从一根树枝换到另一根树枝上，慢慢往下爬，小心翼翼地抓住每一根树枝，然后让自己稳稳地在空中荡来荡去。我必须相信自己的直觉。**我曾是体操队的一员，我不会有问题的。**

　　头顶上，一只老鹰在尖叫。我抬头看了一眼，结果错过了一根树枝，滑了下去，电光火石间，我的左臂正好夹住了一根树枝，让我停了下来。我紧紧抓住树枝，停下来大口呼吸，牢牢扣住粗糙的树皮。集中精力！

　　我一根树枝一根树枝地往下爬，逐渐接近地面。当我来到离地面最近的那根树枝时，我探头看了看之前放在树下的那根木头。我是怎么跳得那么高的？我可不要从这么高的地方往下跳。

　　我坐在树上，两条腿在空中不断晃荡。我该怎么做？我被困在树上了。

　　如果我空手沿着树干向下滑，我的手会被粗糙的树皮活活剥皮。我拍了拍口袋，仔细端详了一番外套上的腰带，腰带看起来是用和安全带一样的材料制成的。我把腰带从外套上抽出来，拿在手里，将它尽可能抻长。现在，我需要把腰带绕到树干上。我拿着腰带的一端，将它甩了出去，这样它的另一端就会从树的另一侧伸过来，但是并没有成功。我不断尝试，终于，我的另一只手抓住了腰带的另一端。

现在，我双手抓着腰带的两端。接下来，我需要跳到树干上。我看了一眼地面，整个地面好像都在摇晃。我紧紧闭上了眼睛。

"勇敢一点儿，全力以赴。你之前成功过，这次你一样可以。"

我支起身体，不再贴着树干，双脚蹬在树上，紧紧抓住腰带，探出身来。感觉我即将掉下去了，我的胃一下子跳到了嗓子眼，快要吐了。我开始往下滑，脚边的树皮因为摩擦而簌簌地往下掉。突然，腰带卡在了一个突出的树枝上，我不得不松开手，然后双眼一闭，直接掉了下去，落在了地上。

我没有头朝下栽下去，而是直直地站在了地上。

我举起双手，像是做完体操动作后的完美落地。我的膝盖微微颤抖，双腿几乎无法站稳。我抬头看了一眼树枝。

"是的，我做到了！"我喊道。

"你成功了吗？"玛丽娜喊道，"有人要来了吗？"

"有人要来了！"我一边喊着一边跑回了我们的营地。昏暗的天空下，我们在帐篷前点起的火堆显得明亮而温暖。

但帐篷附近没有一个人。

天黑后，我们只能在帐篷中再过一夜。我头发里都是蚊子和黑色的蝇虫，耳边也全是它们发出的嗡嗡声。玛丽娜的手腕比之前肿了一倍，颜色看起来也越来越恐怖，而且我们都非常渴。在树上爬上爬下后，我比之前更难受了。

"你应该从这里走出去，找人来救我。"玛丽娜轻声道，"我走不了那么远。"

夜晚太漫长了。

我往火里加了些树枝，让火烧得更旺，驱走蚊虫。我们听着黑暗中鲸鱼、海豹、猫头鹰和其他动物发出的声音。每一个新的声音的出现都会让我们停下一切动作，睁大眼睛在黑暗中四处打量。

终于，晨光中，森林的轮廓开始慢慢显现。我们开始计划我该怎么走出森林找人来帮助我们，比如我可以沿着海岸线前进，这样才不会迷路，但我并不想离开玛丽娜。

我们又听到了海浪的声音。"海豹又来看我们了？"我一边说一边在帐篷里转了个身。

"这次应该不是海豹。"玛丽娜道。

我看了一下四周，感到浑身热血沸腾。我和玛丽娜对视了一眼，然后同时笑了出来。突然，玛丽娜哭了起来，她伸出自己没有受伤的手臂和我拥抱了一下。

我们看到一条船朝着我们开了过来。

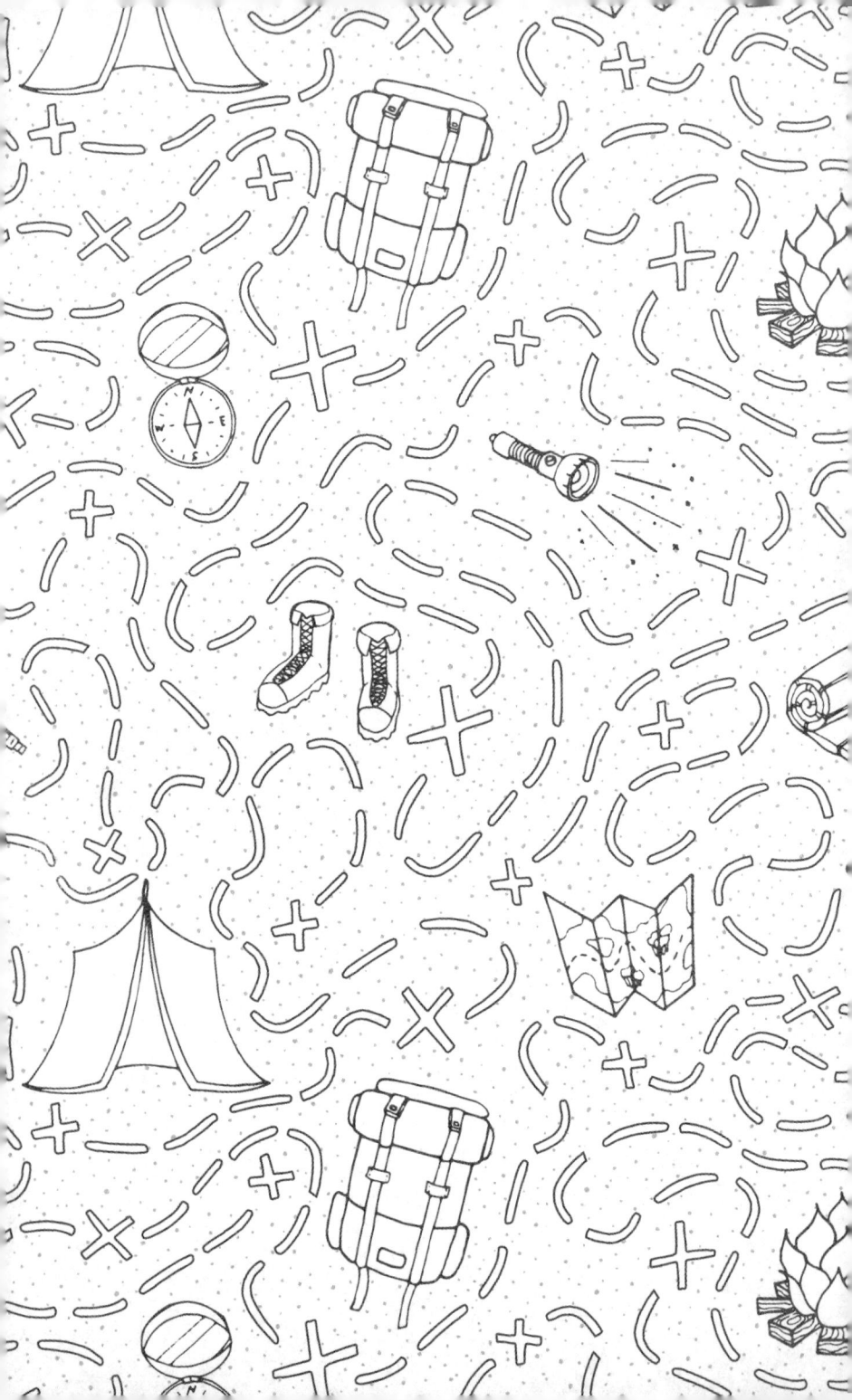

第十一章

四个月后

四个月后，家中。

"当时有几十个电话，"我讲完故事后，记者一边笑一边说道，"这些电话都是打给自然资源部的，都在投诉'森林里有孩子打扰老鹰'。"记者往后一坐。"有人跟你说过吗？"

"我听说了。"我喝了一大口柠檬水。再次讲述这个故事，回忆其中的细节，让我感到有些口渴。

"谢天谢地，多亏了这些动物爱好者。"坐在我旁边的双人沙发上的爸爸笑道，"我之前从未听说过老鹰摄像头，大多数人应该都不知道吧？"

"谢天谢地，多亏了老鹰。"妈妈一边说一边把一盘饼干放在了咖啡桌上，"还要感谢自然资源部派人安装了老鹰摄像头。"

爸爸握住妈妈的手安慰她。听我重复这段经历，妈妈还是会感到担心。

"我很高兴你能够告诉我鲸鱼攻击轮船的传闻是不实的。"记者说完，妈妈横了他一眼。

"当然，这个故事的重点不是鲸鱼有没有攻击轮船，"记者继续道，"而是你能够在绝境之中保持冷静，救了自己也救了玛丽娜！"

"我们互相拯救。"我抓了块饼干吃了起来。刚刚出炉的饼干还是热的，饼干中间的花生酱黏黏的，正是我的最爱。"没有玛丽娜，我也无法坚持下来。"

记者用笔搔了搔头。"还有一件事我不太明白。"他说，"你一直说自己体重超重了，但我怎么看不出来？"

"那是我六年级时的体重，现在我又回到了体操队。教练说我是'再次上马'，他指的是鞍马。他以为他自己很幽默。"

"玛丽娜怎么样了？她的手腕还好吧？"

"还好，只是骨折了，现在她已经康复了。我们每周都会视频一次，她爸爸还会带她来俄亥俄州探望我们。我们两个都决定将来要成为海洋生物学家。"

大人们相互交换了眼神，仿佛我根本不存在一样。我知道他们觉得我刚刚说的话很孩子气，但他们无论如何也不会相信我到底有多认真。毕竟他们不会相信，海豹直视你的眼神能够改变你的人生。

"哇，看来你已经规划好了自己的人生。"记者道。

"老弟，"斯泰西把头伸进房间，"该把餐具从洗碗机里拿出来了，这次轮到你了，我是不会代劳的。"

我扭过头对记者说："并没有完全规划好——我最想知道的就是怎么搞定老姐。"

作者的话

华盛顿州的夫拉特黎角和加拿大的温哥华岛之间的海面上曾发生过多起悲剧。该地区十分危险，准确预测天气也十分困难。水流、暗流、近岸水流、逆流、潮汐、风向、上升流和淡水径流等都是舵手需要考虑的因素。

在胡安·德富卡海峡的海口，还有来自太平洋的巨浪，当它们逆着水流的方向运动时，就会产生危险的驻波。不仅如此，海上还会出现"怪浪"——发生在海上的不可预测的水墙，它经常在风平浪静中现身，让船夫们大吃一惊。

该水域是著名的加利福尼亚洋流的一部分，这是一股从阿拉斯加到加利福尼亚的寒流。在夏季，海洋深处寒冷而营养丰富的海水涌上来，以丰富的食物吸引着包括鲸鱼在内的各种海洋生物。渔夫、水手和游客共享这片水域。但是，浸泡在温度低于10摄氏度的冷水中对人类来说非常危险，因此，所有的乘船者必须小心谨慎。

虽然风险极高，但也有不少人能够在绝境中神奇地幸存下来。我曾听过一个神奇的故事，一名女子落入皮吉特湾附近的水域，她游了七个小时才被过往的船只救起。该女子表示，她之所以能够得救，多亏了一只海豹一直陪伴在她的身边。大多数幸存者的共同之处是他们都有一颗永不放弃的心，这也是吸引和激励我撰写这个故事的原因。

虽然我创作的故事基于真实事件，我也努力还原事实真相，但其中部分细节是虚构的，包括主角的名字和几个背景设置，如书中夫拉特黎角上的那个老鹰摄像头的具体位置（不过，皮吉特湾确实有老鹰摄像头）。

那么，假如面临相同的困境，你该怎么做呢？

美国海岸警卫队认可的
冷水生存技巧

在寒冷的海水中，必须分秒必争。>>>>>>

❶.尽量减少在水中的时间

动作快一点儿。你在水中体温流失的速度是在陆地上的 25 倍，所以你必须尽快从水中脱身。

❷.爬上救生艇

无论是船只、竹筏，还是其他什么浮起来的东西，想办法先爬上去。你可以把翻了的船再翻过来并爬进去。记住，即使船里都是水，你爬进去后，它依然可以浮在水面上。你翻过船身，就可以爬上去，从水中脱身，而且这样救援人员更容易发现你。

❸.保持冷静

在水中挣扎只会让你失去热量的速度加快。如果你没有穿防护服，那么你可以把膝盖屈起，放在胸前，双臂环抱自己，阻止热量流失。这个姿势叫作"HELP"，意思是 Heat（热量）、Escape（流失）、Lessening（减少）、Position（姿势），即减少热量流失的姿势。

HELP 姿势

❹ 节省体力

穿上救生衣能够帮助你节省体力，减缓体温流失的速度。在确保自己能够浮在水上的前提下，尽量避免不必要的体力消耗。

❺ 保持衣物在身

扣上扣子和皮带，拉上拉链，以及收紧衣领、袖口、鞋口和兜帽。戴一顶即使在水中也不会脱落的温暖的帽子，比如一顶羊毛衬里的无檐便帽。多穿几层合成纤维织物，如聚酯羊毛材质的衣物，防止过热，或因排汗而着凉。

❻ 待在原地，不要游走

除非目的地很近，否则不要企图游过去。不要去看海岸线，其距离往往比你想象中远得多。游泳还会打乱衣物和身体之间温暖的水流，并且会让温暖的血液流向四肢，加快热量消耗，从而让你的生存时间减半。

7. 抱在一起，保持体温

为了保持体温，在只有一人的情况下采取"HELP"姿势。如果有不止一人，那么大家可以拥抱在一起。所有人抱在一起也有利于救援人员找到你们。

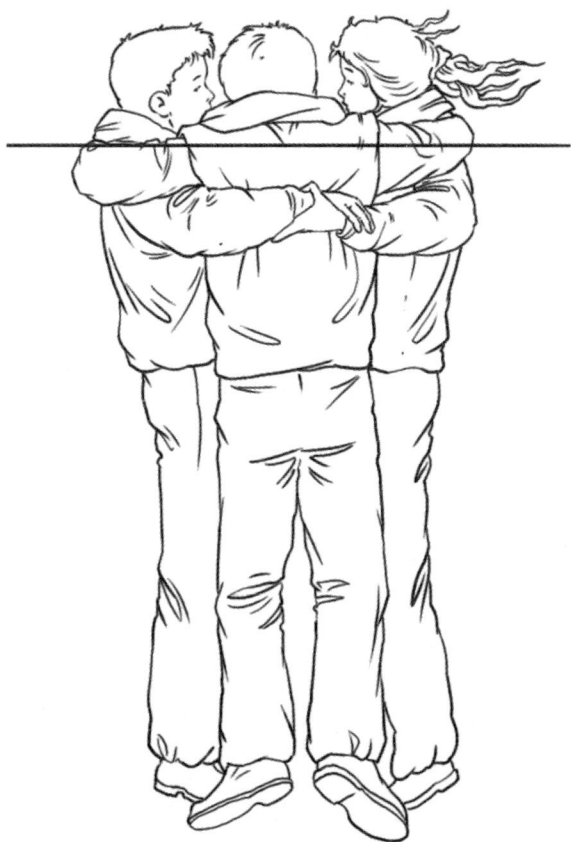

抱在一起，保持体温

保持体温的重要性

每个人在冷水中的生存时间各有不同，但水温越低，体温流失的速度就会越快。影响生存概率的因素很多，如天气状况、年龄、性别、体重、身高、体脂比例、疲劳程度、浸水程度、衣物材质、携带的求生工具等。

体温过低的症状

在体温过低的起始阶段，人会浑身颤抖，无法正常思考，行动迟缓，肢体灵活性丧失。

在体温过低的后期，身体机能放缓甚至停止。口齿不清、意识模糊、肌肉僵硬并且不再颤抖，都是这一阶段的症状。

如果没有及时得到妥善处理，体温过低会导致昏迷和死亡。

体温过低怎么办？

　　体温过低时，需要及时采取相应措施，如果你发现有人体温过低，你可以做的事情有：

1. 打电话寻求帮助（报警或通过对讲机呼叫海警）

2. 帮助其缓慢恢复体温

3. 如果需要的话，在他暖和起来的同时开始人工呼吸

4. 提供温暖的液体

5. 通过将其裹在毯子里帮助其保持体温

美国海岸警卫队认可的冷水生存技巧

致谢

在我为本书进行调研期间，我通过许多渠道收集了包括书籍、报道、笔录等在内的各种信息。另外，我还从很多人那里得到了宝贵建议，我衷心感谢他们。我个人为本书的任何谬误负责。

我还希望感谢下列人士为我提供的专业建议：

皮吉特湾美国海岸警卫队；提供华盛顿州安杰利斯港的皮划艇之旅的塔米·欣克尔，以及自然资源和林业部海洋执法部门已退休的、有着 30 年经验的安大略省环境保护官布鲁斯·汤姆林森。

以及，感谢那些一直为我提供批评意见和建议的合作伙伴：西尔维娅·穆斯格罗夫、雅姬·怀特、马西娅·韦尔斯和埃米·费尔纳·多米尼。

另外，我还要感谢克里斯·怀特和史蒂文·怀特，是他们给了我如何安排插图的专业建议。

OVERBOARD! by Terry Lynn Johnson
Copyright © 2017 by Houghton Mifflin Harcourt
Illustrations copyright © 2017 by Houghton Mifflin Harcourt
Published by arrangement with Houghton Mifflin Harcourt Publishing Company
through Bardon-Chinese Media Agency
Simplified Chinese translation copyright © 2020 by China South Booky Culture Media Co., Ltd.
ALL RIGHTS RESERVED

著作权合同登记号：图字18-2020-007

图书在版编目（CIP）数据

绝地求生. 惊涛飓浪 /（加）特里·约翰逊著；王旸译. -- 长沙：湖南文艺出版社，2020.8
书名原文：Survivor Diaries Overboard!
ISBN 978-7-5404-9675-3

Ⅰ. ①绝… Ⅱ. ①特… ②王… Ⅲ. ①儿童小说－中篇小说－加拿大－现代 Ⅳ. ①I711.84

中国版本图书馆CIP数据核字（2020）第082594号

上架建议：儿童文学

JUEDI QIUSHENG · JINGTAO JULANG
绝地求生·惊涛飓浪

作　　者：	〔加〕特里·约翰逊
译　　者：	王　旸
出 版 人：	曾赛丰
责任编辑：	丁丽丹
策划编辑：	何　淼
特约编辑：	张丽霞
营销支持：	付　佳
版权支持：	辛　艳　张雪珂
封面设计：	潘雪琴
版式设计：	马俊嬴
版式排版：	金锋工作室
出　　版：	湖南文艺出版社
	（长沙市雨花区东二环一段508号　邮编：410014）
网　　址：	www.hnwy.net
印　　刷：	嘉业印刷（天津）有限公司
经　　销：	新华书店
开　　本：	860 mm×1200 mm　1/32
字　　数：	44千字
印　　张：	4.5
版　　次：	2020年8月第1版
印　　次：	2020年8月第1次印刷
书　　号：	ISBN 978-7-5404-9675-3
定　　价：	19.90元

若有质量问题，请致电质量监督电话：010-59096394
团购电话：010-59320018